글벗시선178 이명주 세 번째 시집

아, 가을이다
그대가 그리운

이 명 주 지음

 도서출판 글벗

가을의 목소리

소슬바람 실려오는
국화꽃 그대 향기
알알이 여물어가는
가을의 그 목소리

낙엽이 꽃물 들어
떨어질 때면
설렌 가슴은 살포시
그리움으로 물든다

빠알간 꽃잎처럼
갈바람 흩날리며
은하수 별빛 되어
그리운 맘 반짝인다

아, 가을이다
그대가 그리운
- 2022년 10월

차 례

제2부 심장이 아프다

제3부 그대가 그리운 아침

제4부 그곳에 가면

제5부 마음을 잇다

제6부 행복 찾기

제1부

그대에게

항해

저 속살 푸른 향수
들숨과 날숨으로
추억의 꿈을 싣고
향해를 시작한다

두둥실
하늘빛 물결 위에
감성을 실은 그리움의 한 조각
하나둘 띄워본다

저 멀리
자욱한 짙은 해무 속에
찰랑이는 그대의 물빛
얼굴처럼 빛난다

고운 바람결에
바다와 하늘
서로 손을 마주 잡고
온종일 무지갯빛
가을을 불러본다

울릉도 여행을 준비하며

은지야!
엄마 선글라스 못 봤어?
어디 뒀지?

난 벌써부터 목소리가 들떠 있다

캐리어를 열어놓고
이것저것 챙겨 담으면 신이 난다

3년 만에 친구들과 떠나는 여행
코로나로 묶여있던 마음, 어렵게 마음 모은
친구들과의 울릉도 추억 여행

신이 나서 마음과 몸은 들뜨지만
코로나 확진자가 많이 발생하여
걱정 또한 들뜬 마음만큼 크다

여행은 항상 그랬다.
여행 당일도 좋지만
가기 전 준비하며 친구들과 소통하는
과정들이 참 좋다.
더 좋은 추억과 마음을 나누기 때문이리라

그래서
떠나기 전 지금 참 많이 설렌다

안전하고 즐거운 여행을 꿈꾸면서
하나둘 짐을 챙겨본다.

그대에게

활짝 웃는
그대 모습을
그려봅니다

고맙고 감사한 맘
가슴 한편에
고이 담아 둡니다

나에게
좋은 일이 생기면
나보다 더 기뻐하던 당신

그 고마움 잊지 않겠습니다

우리의
아름다운 추억
영원히 함께 바라보며
걷겠습니다

지금 이 시간
당신이 더 많이
그립습니다
보고 싶습니다

달달한 커피처럼

끝없는 추억의
끈을 붙잡고
다붓다붓이 모여
앉습니다

사랑의 속삭임
달콤한 미소
설렘 가득한 그 향기

잊지 못할
그대의 눈빛을
쫓아다니며

또 하루를 그대에게
취하여 헤맵니다

부드러운 거품 키스
황홀한 입맞춤

설렌 맘으로
또 하루를 기다립니다

백양산 숲길에서

편백나무 쭉쭉 뻗은
백양산 둘레길

짙푸른 나뭇잎 사이로
반짝반짝 살가운 햇살이
아름답다

아름드리나무들
묵묵히 한여름
뜨거운 열기를 견디면서
쉼의 공간을 만들어 놓았다
우리의 상처를 살포시 토닥인다

옹기종기 그늘 밑에 앉은 사람들
소곤소곤 얘기꽃 피우면서
사랑과 우정을 나눈다

나의 하루도 사뿐사뿐 걸어
자연과 긴 대화 속에
찌든 마음을
훌훌 토해낸다

언제나 힘을 주는
숲과의 대화
나 자신을 토닥이며
내일의 꿈과 희망을 노래한다

꽃댕강나무(아벨리아)

거리의 가로수 아래
꽃댕강나무 잔잔한 눈빛
꼭 그대를 닮았네요

조용조용 하얀 미소
소곤대는 사랑의 나팔 소리
나를 부르는 사랑의
세레나데인가요

온 거리에 활기찬
꼬마 천사들의 팡파르
행진곡이 울립니다

아름답고 행복한 하루를 응원합니다

사랑비는 내리고

멍울진 그리움
가슴 한편에 담아두고
따뜻한 당신 손길
그리워서 어쩌나요

아침이면 들려오는
사랑의 멜로디와
설렘 가득한
왈츠풍의 행진곡을
듣고픈데 어쩌나요

아른한 추억의 그림자는
사랑비가 되어
뜨겁게 내립니다

어떤 순간에도
그대를 놓지 못하고
하루 끝에 아롱다롱 매달려 있습니다

오늘도 그대를
사랑한 까닭입니다

내 고향 배내꼴

산천초목 푸른 빛
내 고향 배내골
꿈을 키우고
우정을 다지며
추억을 노래하던 곳

동구 밖 들어서면
굴뚝엔 모락모락
연기가 피어오른다

가마솥에는
고슬고슬
엄마의 사랑이
익어간다

온 가족
툇마루에 둘러앉아
찐 감자 입에 물고
하하 호호 사랑을
나누었지

서녘 어둠이
소리 없이 밀려올 때
속닥거리는 여름밤

총총 별 하늘빛 마음
반짝반짝 빛난다

뒤뜰에 들려오는
풀벌레 자장가 소리
사르르 잠이 든다

비 오는 날이면

비 오는 날에는
청마루 끝에 당신
무릎 베고 누워서
쓰담쓰담 엄마 손길

도란도란 미래를 얘기하던
어릴 적 추억 속에
당신은 늘
그 자리에 계십니다

세월이 흘러
자식을 다 키우고
당신 나이가 되고 보니
헤아리지 못했던 당신 마음
가슴속 아픔 되어
빗물처럼 흐느낍니다

언제나 사랑으로 다독이며
불면 날아갈까 봐
숨 한번 크게 쉬지 못했던 당신

오늘처럼
비 오는 날이면
그 자리에 계신
당신 모습 가슴 아리도록
보고싶습니다

비 오는 아침

비를 맞고 걸었다
체중이 내려가는 듯
시원하게 새벽부터
제법 많은 비를 뿌린다

목말라 몸을 꼬던
나목과 여린 들꽃
초록 드레스를 입고
빗방울 장단에
춤을 추며 일어난다

토닥토닥 빗소리 따라
그대와 함께
소곤소곤 걷는다
빗물을 튕기며
자박자박 걷는다

블랙커피

검은 눈동자
첫사랑 같은 떨림

매력 있는
구릿빛 얼굴

쌉싸름한
사랑 얘기

몸을 감싸는
너의 향기

진한 입맞춤
사랑에 빠져버렸어

나의 인생

울퉁불퉁 자갈길을
말없이 걸어왔네

그것이
나의 길이라 여기며
묵묵히 걸었네

힘들고 지쳐서
제자리 같았던 세월

뒤돌아보니
꽃이 피고
숲이 우거져
그늘이 되었네

지금은
나무 그늘 아래서
꽃길을 걷고 있네

숲속의 음악회

묏바람 솔솔 불어
솔 향기 가득하다
황톳길 낙원에서
열리는 행복 음악회

산새와 매미들의
즐거운 노랫소리
시냇물 찰박찰박
장단 맞춰 노래하네

하늘빛 나비구름
산야에 초록 물결
신나게 덩실덩실
즐겁게 춤을 추네

흐르는 계곡물에
시원히 발 담그고
자연은 들숨 날숨
신바람 하모니카로
신나게 합주하네

숲속을 휘감아 도는
조화로운 그 노래
추억의 초록 메아리
지친 맘을 달래네

행복꽃

처음엔 넌 나에게
이름 없는 들꽃이었다

오며 가며 바라보고
또 마주하니 내 심장을
떨리게 하는 설렘이었다

안 보면 보고싶고
못 보면 그리운
내 맘속의 활짝 핀 웃음꽃

오늘도 나에겐
웃음을 주는 붉디붉은
행복꽃

보리밥

맑은 하늘 새털구름
가는 곳 여기저기
꽃들의 잔치 속에
꽃향기 사람 향기에
더위를 이겨내고

온정이 넘쳐나는
포항의 죽도시장
맛깔난 보리밥이
오감을 자극하네

쓱쓱 비빈
보리밥 크게 한 입
겉 바싹 속 촉촉 구운 고등어
입안에서 동글동글
춤을 춘다

가성비 좋은
호사로운 밥상
가슴속 깊이 느낀 마음
감사의 마음으로
송글송글 땀방울을 닦는다

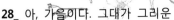

경주 가는 길

반짝이는 햇살에 간들바람
푸른 잎새 엄마 품에
안긴 양 살랑거리며
애교를 떠는 여름

쭉 뻗은 고속도로
짙은 녹음 사이로
배롱나무 가로수
몽글몽글 품은 열정
하늘을 향해 백일 동안의
꿈을 펼친다

뜨거운 햇살
들녘엔 여름이 무르익고
곡식이 영그는 소리에
개구리도 덩달아 뛴다

배롱나무 꽃그늘 아래
여유롭게 팔랑거리는
나비 한 마리
미소로 바라본다

현실 속의 무거운 짐
살짝 내려놓는다

백일홍 꿈과 함께
내 꿈도 하늘을 향해 외쳐본다

글 쓰는 자유 글 읽는 자유

꽃이 임이 될 수도 있고
임이 꽃이 될 수도 있거늘

글 속에 그때그때의 임이란
자식도 꽃도 어머니도 친구도 자연도
글 속의 임은 그 누구도 말할 수 없는
글쓴이의 감성이다

읽는 사람은 여러 가지 상상 속에
동행도 하고 큰 공감으로 눈물도 흘리며 오
해도 하고 이해도 하며
글쓴이를 죽였다 살렸다 한다

쓰는 사람도 자유고
읽는 사람 또한 자유다 자유
그것으로 끝이 나야 한다

왜 본인의 생각으로
뒷말을 만들어서
깊게 상처를 내는가?

하루가 너무 바쁘고
할 일도 많은데
쓸데없는 것에

신경을 써야 하는
시간이 아깝다

무슨 할 말이 그렇게 많은지
무슨 말을 하고 싶은 것인지

상대를 얼마나 알고
얼마만큼 이해하는지

상처에서 피를 보고 나면
얻어지는 결과는 무엇인지

말도 안 되는 상상과
말도 안 되는 오해로
이유도 없이 잘근잘근
씹히는 사람은

어디서 누구한테
보상을 받아야 하는지
또 그 상처의 깊이는 아는지

나이가 들면 들수록
마음도 시선도 넓어져야 함이
옳음이라 여기며

내 앞날에는 이때까지의
경험을 비추어
좀 더 성숙하고 윤기 있는 삶을
살도록 노력해 보련다

이맘때쯤이면

꼭 이맘때쯤이면
마음 한 켠에 울컥울컥
그리움이 나를 울립니다

봄이 오면 오일장 다녀오시는
아버지 손에는 식구 수만큼의
삐약삐약 병아리를 데리고 왔지요

앞뜰 뒤뜰 바쁜 걸음으로
구구구 곡식을 주워 먹고
쑥쑥 자란 씨암탉들

따르릉 벨이 울리고
전화기 너머 어머니는
다정한 목소리로 부르신다

꼭
이맘때쯤이면 여름 더위
이겨내라며 정성껏 키우신 씨암탉을
내 몫이라며 달근달근
끓여주시던 어머니

바짝 마른 장작을
아궁이 가득 넣고

구수한 진한 옻나무 우린 국물에
토종닭 푹 삶아서 토실토실 쫄깃한
다리를 입에 물려주시던 어머니

오늘은 당신께 배운 솜씨로
정성과 사랑 듬뿍 넣어
행복으로 부드럽게 맛있는 삼계탕
대접할 수 있지요

참 그립습니다
사랑하는 내 어머니
불러도 불러도
추억의 메아리만 바람에 흩어집니다

한 송이 꽃이 아프다

길가에 핀 꽃 한 송이
지나는 사람이 예쁘다며 손을 대고
혹은 코로 향기를 탐한다
심지어 꺾거나 흔들어 대기도 한다

곱게 피었다가
말없이 조용히 지고 싶은 꽃

빨간 꽃을 보면
왜 빨갛게 피었는지 궁금하다
노란 꽃으로 피었으면 더 예뻤을 텐데
그렇게 말한다
각자의 시선에서
자신의 생각을 자유롭게 말한다
모든 사물에는 규칙이 있는 법이다
때가 되면 피고 진다
자연의 섭리에 따라
꽃의 색도 변할 수 있다.
그러나 기본과 원칙은
결코 변하지 않는다
사람도 마찬가지다
아무리 곱게 화장으로 덧칠을 하고
착한 척 고운 척해도 얼마 지나지 않아
그 본성이 드러나게 마련이다

아무리 비싸고 좋은 명품 옷과 장신구로
치장해도 그 인격을 감출 수 없다
많이 배웠다고 해서 그 사람의 성품을
감추거나 치장할 수 없다
본인의 행동이나 말투로
혹은 몸에 밴 습관으로
자연스레 드러나기 마련이다
인격이나 성품은 자신이
가꾸고 만드는 것이다
지혜로운 사람 현명한 사람은
본인이 지혜롭고 똑똑하다고 말하지 않는다
각각 사람의 마음 크기에 따라
보는 눈이 달라질 수도 있다
하지만 주위에서 겪어 본 사람이
그 사람의 인격과 됨됨이를 인정하고
판단하는 것이다

나이가 들면 내려놓는
연습도 해야 한다
꼭 내가 가지고 있다고 해서
항상 다 내 것이 될 수 없다

나이가 들어갈수록
편안하고 느긋한 마음이 필요하다
멋지게 품위 있게
그렇게 늙어 가고 싶다

꿈은 이루어진다
- 꿈꾸는 젊음에게

간절한 꿈을 안고
태양을 향해 두 팔을
활짝 펼친다

희망은
햇살처럼 그대 가슴에
반짝반짝 영롱하게
빛이 나리다

가슴 쿵쿵거리는
설렘의 발자국 따라
밤하늘 별을 세며
희망을 노래하리다

기다림의 시간 동안
활짝 열어둔 마음 안으로
기쁨의 눈물 먼저 달려와
축복으로 꽃 피우리다

붉은 열정에 꿈이
성실하게 잘 익어가는
그대의 밝고 창창한 앞날
꽃길에서 마주하리다

사랑꽃

그대는 나의 꽃
내 마음에
활짝 핀 꽃이랍니다

그대는 나의 향기
내 안에
피어나는 향기랍니다

말 한마디에도
꽃을 피우고
작은 몸짓에도
향기가 나는

그대는 참 좋은 꽃
나만의 꽃입니다

제2부

심장이 아프다

모두 다 지나가리

온종일
아무것도 할 수 없이
울컥울컥 눈물을 삼킵니다

그래도 울지는 않을 거야
시간이 지나면
다 괜찮아질 테니까

흔적만 봐도
눈물이 쏟아져 내리지만
애써 흔적을
찾아 나서진 않을 거야

눈에 힘을 주고
입술을 꼭 깨물고
잘 견딜 거야

시간이 흐르다 보면
다시 웃는 날 올 거야

묵묵히
그날을 기다리는 거야

시간의 울림

또 하루가 아무 말 없이
조용히 내 앞에 섰습니다

오늘도 열심히
하룻길 달려보자 손 내밀지만
몸은 마음처럼 선뜻
그 손을 잡지 못하고
바라만 봅니다

건강한 자만이
자신 있게 붙잡을 수 있는 손

그날이 바로 그날이 아닌
오늘과 내일이 분명한 날

한 달이 어떻게 지나갔는지
맑지 않은 정신은
바보처럼 한 달을 하루처럼 만들었습니다

글을 쓸 수도 없고
내가 아끼고 사랑하는 사람들마저
피하고 싶은 시간

꼭 기억하고 싶은 당신마저
기억 속에서 사라질 때
무섭기까지 했습니다

내일은 더 건강한 모습으로
내가 사랑하는 사람들을
볼 수 있기를 간절히 바랍니다

찔레꽃 향기

뒷동산 쉬엄쉬엄
오르는 길
알싸한 그대 향기
얼싸안고

그 향기
너무 은은해 둘러보다
포근한 빛살에
마주친 그 눈빛

수줍은 듯
옛사랑처럼
하얗게 활짝 웃는다

떨어진 꽃잎 주우며
하얀 그리움이
눈물 속에 묻어난다

하얀 희망의 날갯짓
나풀나풀 날아
어깨를 토닥인다

누리달의 아침

수분이 촉촉한 아침
분홍빛 심장 위에
살포시 꽃잎 날아든다

담장 넘어
첫사랑 휘파람 소리
휘리릭 휘리릭
나를 부르면

생수병 손에 들고
앞산 둘레길
내 임의 발자국 밟으며
푸른빛 짙은 신록 사이로
숨차게 걸어본다

산새들 지지배배
휘파람 소리
시원한 바람에
옷고름 푸는 아침

편백나무 그늘 아래
국수꽃 잠투정
까칠한 눈빛에도
찔레꽃 향기 날름날름 마신다

여름의 초록빛 신록은
우리들 마음에
맑은 물줄기로
행복을 실어 나른다

* 6월은 누리달, 온 누리에 생명의 소리가
가득 차 넘치는 달이라는 뜻

심장이 아프다

부푼 심장을
송곳으로 콕콕 찔러
터지듯 아파옵니다

아픈 가슴
쓰다듬고 쓰다듬어도
창백한 마음에
가시지 않는 통증

차분히
달래 보지만
혼자 설움에
또 목이 메입니다

까만 밤은 서럽도록
하얀 눈물로
아침을 맞이합니다

꽃잎이 이울다

떠날 채비를 하는 당신
꼭 오신다는 약속을 받고
아쉬운 배웅을 하네

뚜욱 뚝
떠나는 당신 눈물 앞에
부풀어 올랐던 가슴
초록빛 물결에
말갛게 씻어 담았네

보랏빛 수국이
흐드러진 숲에 앉아
가슴 벅찬 설렘으로
함께 웃던 그 시간

그대 눈빛
밤하늘에 별로
찬연히 빛나니
내 맘속에 그대의 미소
잔잔히 담고 싶어라

나의 속삭임
그대 가슴에 닿아
이울지 않는 향기로운
꽃으로 피어나리

오월의 사랑

휴일 아침
갈까 말까 망설이다
백양산으로
발길을 옮깁니다

초록초록
나를 반기고
잎새 사이로
반짝이는 햇살은
지친 마음을 토닥토닥
안아줍니다

철쭉꽃 붉게 물든
설렘의 애진봉

그대 눈에 비친
떨리는 붉은 눈망울
모든 이의 마음에
빨간 추억으로
물들게 합니다

솔솔 불어오는 바람에
맘속에 쌓였던 근심 걱정
모두 허공에 날려버리고

오월에는
아름다움을 넘어
따뜻하고 넉넉한 마음으로
가족과 이웃을 사랑하리오

5월의 약속

지금 당신은 어디 있나요
꽃 피고 파릇파릇
신록이 우거진
오솔길 걷다가 보면

혼자 보기 아까워
문득 당신의 안부를
묻습니다

고운 바람 예쁜 꽃잎
당신도 보고 있나요

지금 함께 볼 수 없어도
그날의 추억을 가슴에 묻고
그대에게 안부를 전합니다

그때 당신은
참 곱고 예뻤지요
지금도 여전한가요

많이 그립군요

그때처럼 화사한
아름다움 간직하고
장미꽃 피는 공원에서
5월엔 꼭 만나요. 우리

봄비 내리는 날

곱게 물든 꽃잎 위로
그리움 한 자락 또르르 구릅니다

눈물겹게 안쓰러운 빗방울 툭툭
아련한 추억의 조각들이 톡톡톡

바람에 몸부림치며
촉촉하게 스며듭니다

초록초록
내리는 빗방울은
화려한 보석처럼
빛이 납니다

마음 차분한
기다림으로
한 송이 수선화
피어납니다

축복의 날

오늘은 축복의 날
우리 함께 행복해요

햇살이 눈부신 날
달콤한 아이스크림처럼

비가 오는 날이면
쌉싸름한 커피처럼

우리 그렇게 함께해요

바람이 부는 날이면
은은한 라일락꽃 향기처럼

우울한 날이면
새콤달콤한 딸기처럼

좋은 날에는
흥겨운 노래처럼

우리 지금처럼 서로 축복해요

그대의 아침

출근길
그대를 향해
잔잔한 바람이 분다

그대 향기가 살랑살랑
바람을 타고 와서
내 코끝에서 머문다

그대 미소가 잠에 취한
내 실눈가에 아른거린다

그대 따뜻한 손길이
어제 꿈속에서와 같이
내 어깨를 감싸 안는다

그대를 마음껏 느끼며
나만의 행복에 젖는다

버스 맨 뒷자리에서
오늘이라는 희망을 향해
행복의 음악을 듣는다
설렘의 발길과 함께

나의 뜨락에서

가끔은 맑고 투명한 눈으로
귀하고 소중하게
내 마음을 들여다보며
쓰담쓰담 어루만져 준다네

가끔은 축축하게 젖은
내 마음을 고운 햇살에
뽀송뽀송 말려본다네

좋으면 크게 웃고
속상하면 펑펑 울 수 있도록
내 맘에 자유를 주었다네

마음 한 켠에 서러운 맘
자리 잡지 못하도록
오색빛 뜨락을 만들어
사랑으로 키운다네

언제나 그대가 나를
찾아올 수 있도록
내가 있는 길목에
환한 등불을 밝혀두었다네

봄은 오는데

짧은 사랑에
긴 세월을 목메게
이렇게 오래도록
그립단말인가

꽃 피는 봄은 오는데
봄 따라 내 임도 오시려나

세월은 말없이
흐르고 흘러가는데

떠난 임은
돌아올 줄 모르고
긴 그리움에
하늘만 하염없이 바라보네

흘러가는 저 구름만
서럽게 바라보네

새봄을 기다리며

눈부신 햇살이 가득한 날

겨울잠에서 깨어나
실눈을 뜬 꼬마들의
기지개 펴는 소리

새콤달콤 레몬 같은
상큼한 맛과 향기
입안에 침이 솟는다

지난봄에 묻어둔
그리움 하나
새봄에 곱게 꺼내어
사랑으로 싹틔울 수 있으리

부드러운 바람의 입맞춤
내 마음을 비집고 들어온다

연둣빛 봄의 속삭임
봄의 노래 들린다

설렘 가득한 임의 꽃 편지에
살며시 얼굴을 비벼 본다

첫눈을 기다리며

밤새 뛰는 심장 소리에
밤잠을 설쳤습니다

언제 오실지도 모를
그대의 뜨락에 지금
앉아 있습니다

보고프고 간절한 맘
커피 한 잔에 담아 미소를 띄웁니다

비가 그치고
고운 햇살 비치는
날을 기다립니다

당신의 무지갯빛 약속
가슴에 꼭꼭
담았습니다

그대여
언제 오시려나요

네가 행복할 수 있다면

사랑이 떠난 뒤
생과 사의 갈림길
숨이 쉬어지지 않은
힘든 시간이었어
밥이 목에 걸려
넘어가지 않는 힘든 절망이었어

사랑은 그리움이었어
늘 애잔한 보고픔
하늘을 봐도 땅을 봐도
맛있는 것을 먹어도 커피를 마셔도
늘 그렇게 그리움으로 남았어

사랑은 먼 여행길의 친구였어
가는 곳마다 추억과 떨림
그곳에서 나를 고운 눈길로
바라보며 기다리고 있었어

시간이 지나면 지날수록
더 아련한 추억 속
한 폭의 그림이었어
한 편의 아름다운 영화였어

지금도 마음 한 켠에서
새록새록 설레며 같은 하늘 아래
살아간다는 고마움

나는 정말로 괜찮아
너만 행복할 수 있다면

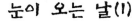

눈이 오는 날(1)

빛나는 너의 모습에
눈을 뗄 수가 없네
언제나 순수한 눈빛
너의 미소 머문 자리에
난 한 송이 꽃으로 핀다

그대 맘속에 아무도
들어올 수 없도록
간밤에 뿌려놓은
하얀 내 마음

나 아닌 다른 사람
발자국조차 남길 수 없도록
솔솔솔 뿌려놓은
하얀 그리움들

간절한 마음 남기고
흔적 없이 떠나버린
야속한 임이여

내 웃음소리 들리나요
나의 모습 보이나요
오늘도
그대 흔적 따라
또 하루를 꿈꾼다

임인년을 맞이하며

밝아오는 임인년
따뜻한 마음 소복소복 담아
나눔으로 베풀게 하소서

뜨겁게 타오른 아침 햇살 받으며
헛된 욕심 갖지 못하게
마음 단속 꼭꼭 잘하도록 하소서

매일 눈을 뜨면 아름다운 글을 읽고
희망의 글로 화답하게 하소서

꿈을 꾸고 희망을 노래하는 삶
고운 향기가 나는
그런 사람이 되게 하소서

좋은 인연으로
마음 부자가 될 수 있도록
따뜻한 사람이 되게 하소서

언제나 오늘에
감사하는 삶이 될 수 있도록

동백꽃 필 무렵

하얀 그리움이
마음속을 채웁니다

아무렇지도 않은 줄
알았던 마음은
눈을 뜨고 눈을 감아도
머릿속은 온통
그대가 하얗게 웃는
모습뿐입니다

내 마음을 꽉 채워주던
그대의 존재감
이렇게 커다란 행복인 줄
미처 몰랐습니다

가슴 깊은 곳에서
추억들이 실처럼
자꾸만 뽑혀 나와
내 몸을 칭칭 휘감습니다

사랑이었나 봅니다

눈이 오는 날의 추억

와 하늘의 선물이다
미소가 절로 난다
아이처럼 이리 뛰고 저리 뛰며
이방 저방 사랑을 깨운다

창밖에는
하얀 추억의 선물
소복소복 쌓여서
행복한 설렘으로 나를 반긴다

누가 겨울을
삭막하다고 했지

이렇게 가지마다
하얀 꽃이 차곡차곡
겹겹이 피어나는데

추억이 그리움으로
이렇게 쌓인다

두근두근 설렘의 꽃밭에 앉아
동심 속의 나를 찾는다
추억의 그대를 찾아 그리움을 그린다

첫사랑

눈길조차 마주하지 못하고
붉어진 얼굴 들킬까 봐
두근두근 심장 울림

주체할 수 없는 가슴 떨림
그림자만 봐도 허둥대던
내 첫사랑

끼니조차 삼키지 못하고
뜬눈으로 잠 못 이루며
콩닥콩닥 장밋빛 사랑

살다 보면 문득 스치는
그리움 한 조각
아련한 그리움 뒤로하고
살아온 세월

그러다
어느 날 문득 또 그립겠지

제3부

그대가
그리운 아침

그대가 그리운 아침

그대 향기 그리운 아침
일손이 바빠도
늘 곁에 함께 하고 싶은
당신의 향기
그 미소

지금 이 시간에도
간절하게 그립습니다

당신의 따뜻한
위로를 알기에
그 사랑 느끼고 싶습니다

어느 날
내가 지쳐 있을 때
따뜻한 위로를 받고
그 사랑에 반해 버렸습니다

그때부터 당신에게
내 마음 빼앗겨 버렸습니다

힘든 가족과 이웃에게도
그대의 따뜻한 사랑으로
한 해의 힘든 아픔을 토닥토닥
위로받아

많이 웃는 날이었으면
좋겠습니다

그리움을 삼키며

사방이 어둑어둑
모두가 잠든 시간
저 멀리 자박자박
들려오는 발자국 소리
내 심장을 쿡쿡 찌른다

고개도 돌릴 수 없이
굳어버린 내 몸뚱이는
숨조차 쉴 수 없는
그리움에 젖어버렸다
온몸이 온통 슬픔에
젖어 버렸다

갑자기 휘몰아치는
뜨거운 심장의 울림

울컥울컥 눈물을 삼킨다
그렇게
그리움을 삼킨다

나의 휴식

빠른 기차에 몸을 싣고
앞만 끝없이 바라보며
스쳐 지나가는 나의 삶
자신을
뒤돌아보지 못했습니다

지금은
쉬엄쉬엄 가고 싶습니다
완행열차에 몸을 싣고
역마다 내려서 쉬며 많이 웃고
행복한 날을 곁에 두고 싶습니다

소소한 것에 행복해하고
작은 기쁨에 웃으렵니다
이제는 진정한 나의 삶을 살아야겠습니다

그 누구를 위함이 아닌
소중한 나 자신을 위한 삶
너무 빨리 지나가는 내 삶을
충실하게 보듬어 가꾸겠습니다

편안한 쉼 속에서
행복을 담아 보렵니다

장태산에서

언제나 만나면 반갑고 설레지요
헤어지면 아쉽고 그리워요

꽉 찬 마음으로 달려 또 달려서
그대가 부르는 곳 여기까지 왔는데
금방 뒤돌아서서 돌아가야 하는 마음

아, 그리움 되어
붙들고 싶은 아쉬운 마음이여

그대의 뒷모습은 마치 외롭고 쓸쓸하오
낙엽 진 고목처럼 우뚝 섰다가 사라져요

저 산 너머 해가 지고
어둠이 나뭇가지에 걸려 아쉽고
안쓰러운 마음을 토할 때

어느새 하늘에는 하나, 둘
반짝반짝 그대의 별이
하염없이 빛나고 있네요

가을비

가을의 끝자락에
아쉬움 담은 가을비가
추억을 가슴에 묻고
추적추적 내린다

겨울을 재촉하는 빗소리에
앙상하게 남은 달력 한 장
가지 끝에 붙은 가을 한 잎

그대가 떠난다 해도
가슴 속에 담겨있는
추억과 사랑은
영원한 그리움으로 남으리니

그대가 걸어가는 길
순백의 발자국으로 남아
또 누군가의 길이 되리니

티 없이 맑고 깨끗한 마음
포근하고 하얀 맘으로
따뜻한 겨울을 맞으리라

가을의 울림

저만치 멀어져 간 가을
쓸쓸함을 말할 수가 없어라

한마디 말없이 조용히
제 몸을 내어주며
끝없이 제 할 일을 다하는 삶
만물의 당연한 이치

낙엽이 가는 마지막 길
소신을 다 하는
우리네 인생처럼 희생의
길에 접어든다

짓밟히는 아픔의 소리
바스락바스락
우린 그 소리를 즐기듯
낭만을 노래한다

또 바스락 소리가
한 소절의 시어로 담길 때
시인은 온 마음 다해
한 가닥의 움트는 희망을
다시 담는다

당신 생각

문득 참 고운
당신 모습이 생각났어요

구순이 넘은 당신
뽀얀 얼굴에 소녀 같은
수줍은 미소

언제나 내 편으로
넘치는 사랑 주셨지요

자그마한 당신 손
한 손은 나의 손을 잡고
또 한 손은 등을 토닥토닥
두드리며 용기와 힘을 주셨지요

지금은 저편에서
때론 별이 되고
때로는 등불이 되어
앞길을 밝혀주시지요

힘들 때 항상 내 편
작은 것 하나라도
손에 꼭 지어 주시던 당신
고맙습니다
사랑합니다

오늘은 당신이
많이 그리운 아침입니다

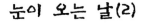

눈이 오는 날(2)

솔솔 솔 뿌려놓은
하얀 그리움
하늘에서 내려오는
마음 한 켠의 추억을 담는다

폴폴 폴 날아드는
그대 향기에
가슴 설레며 기다린 찻집

따뜻한 온기와 함께
식어버린 찻잔 속
내 임의 향기

이렇게 온 세상이 하얗게
그리움으로 덮여오면
온몸은 뜨겁게 열병을 앓는다

문득문득 피어나는
뇌리의 언어들
붉게 검붉게 물들다 사라진다

힘겹게 마음을 추스른다

내 가슴 속에 머물다간
아름다운 사랑

그렇게 하얀 꽃이 핀다

글벗 줌(Zoom)살롱에서

따사로운 눈빛으로
향기 담은 우리 언어
마음의 문을 활짝 여는 소통의 시간

즐거운 웃음소리
신이 난 마음의 소리
독일, 뉴질랜드, 온 누리 어디에서나
함께 모여 앉아
서로의 마음을 나누는 시간

행복을 찾아가는
우리들의 참모습

나이, 성별 상관없이
한 자리에서
서로의 이야기 듣고
배우며 소통하네

꿈이 있고 사랑이 있는
행복의 나눔 시간
우리는 또 서로를
이해하며 한 사람 또 한 사람
보듬어 안는 기쁨

그대를 바라보며

신기한 듯 힐끗힐끗
그대를 바라본다

입가에 가득한 미소
잔잔한 사랑이 흐른다

오랜만에 그의 방에
주인이 돌아왔다

꽉 차 있는 방의 따사로운 기운

닫혀있는 방문만 바라봐도 따숩다

살며시 방문을 열어본다
새근새근 잠든 그의 모습

마음 문 활짝 열고
그 향기 담아본다

보고 있어도 늘 보고 싶은 그대

항상 내 그리움이다

커피를 마시며

작은 찻잔 속에
그리운 얼굴 활짝 피었다 진다

서운한 마음 커피 한 모금에 씻어 보내기에
는 너무 아리다

난 너에게 무엇인가?

커피잔 속에 아른거리는
너에게 묻는다

난 쌉싸름한 너의 향기 보다
달달한 네가 그립다

낙엽과 나

파릇파릇 나풀거리며
여린 모습으로
아장아장 걸어 나와
미소 짓던 때가
엊그제 같아요

가는 세월에 묻혀
노랗게 때론
붉어진 낯빛으로
바라보던 그대의
어여쁜 얼굴

떨어지는 낙엽은
여기저기 뒹구는
그대의 마음처럼
더 많은 추억과
그리움으로 곱게
물들어 가지요

그래 맞아요
우리는 서로 많이 닮았어요
살아오면서
애잔한 모습들이
다 그렇죠

그래도
새로운 아침이 오면
'잘 잤어' 하고 살갑게
안부를 묻는 그대
바로 그대가 있잖아요

맞아요
그것이 나의 행복이지요

수고했어

힘겨운 환경
잘 이겨내고

희망을 기다리며
휴식의 시간을 가져보렴

애들아
우리의 별들아
높이 떠서 반짝반짝 빛나보렴

넓은 세상에 꿈을 심어
희망의 날개 마음껏 펼쳐보렴

별들아
꿈들아
희망아

어디서든 빛날 수 있는
용기와 함께 꿈을 키워
희망의 날개를 마음껏 펼쳐보렴

아름다운 꽃 활짝 피워보렴

사랑해
오늘도 수고했어

기다릴게. 그날을

그래, 함께 행복했어

모든 시어들을
동원해도 될 만큼
화려하게 만나서
멋진 추억을 만들었지

그런데 어쩌지
헤어져야 할 시간
뒤돌아보니 쓸쓸하네

옷자락에 묻어서
눈물 흘리는 널 보며
내 마음도 아팠어

그래
또 만나면 되지
또 만날 거 잖아

그리운 감정 묶어 두고
추억을 삼키며 또 새날을
꿈꾸는 거야

괜찮지
기다릴게. 그날을

하소연

아픈 내 마음을
저 달은 알까요
외로운 내 맘
저 구름은 알까요

바람에 떨어지는
저 잎새는
어떤 마음일까요

밝은 달마저
구름 뒤에 숨어
나를 외면하고

바람에 떨어지는
저 낙엽은 추억의
책갈피 속에
고이 잠드는데

불빛도 없는 거리를
걷고 있는 나는
눈물마저 말라버렸네

가을의 목소리

소슬바람 실려 오는
국화꽃 그대 향기
알알이 여물어가는
가을의 그 목소리

낙엽이 꽃물 들어
떨어질 때면
설렌 가슴은 살포시
그리움으로 물든다

빠알간 꽃잎처럼
갈바람 흩날리며
은하수 별빛 되어
그리운 맘 반짝인다

아, 가을이다
그대가 그리운

가을 노을

노을이 지는 가을
바다에 붉은빛은
내 마음 한구석을
아프게 흔듭니다

물 위에 아무 말 없이
누워 버린 그대
잔잔한 솔바람이
그 빛을 끌어안습니다

수평선 저 멀리에
하이얀 그리움이
물 위로 저벅저벅
걸어와 안깁니다

어둠이 걷힌 일몰
또 다른 희망의 빛
검붉게 꽃피웁니다

아침을 부르는
간절함으로

오늘도 당신은

작은 손짓에도
당신은 내게로 오셨지요
작은 기쁨에도
크게 웃어주셨습니다

근심이 조금만 보여도
살갑게 보듬어 주셨습니다

곁에 없어도 당신은 나의 힘입니다

오늘도 당신은
내게로 오셨습니다

산행

근심 걱정은 배낭에 담고
산길에 올라본다

따가운 햇살에도
반갑게 맞아주는
풀꽃들 바라보며
마음에 미소 하나 담는다

훅훅 내뱉는 숨소리
송골송골 맺히는 땀방울
근심 걱정 토해낸다

힘들며 쉬어가라
나무 밑 바위가
자리를 내어주고
이름 모를 꽃들이
이야기하잔다

솔솔 솔바람도
어깨를 토닥이며
말없이 안아준다

저 멀리 보이는
도심의 힘듦도

어우러져 사진 속
멋진 풍경 담는다

내려오는 산길은
홀가분한 마음으로
콧노래 부르면서
가벼운 발걸음을 내딛는다

봄의 기억

오늘 잊지 않고
당신을 기억합니다

햇살이 매일 비춰주듯
그대를 생각합니다

뜨거운 날
그늘을 생각하듯
잊지 않고 그대를
그리워합니다

비 오면 우산이 필요하듯
언제나 당신은
우산 같은 사랑입니다

힘이 없어
용기가 나지 않을 때
당신을 생각합니다

파릇파릇 새싹이 돋아나듯
힘과 용기를 주십니다

당신이 주신 사랑으로
오늘도 다시 피어납니다

그대는 나의 별

그대 눈에 내가 비치듯
내 눈에도 그대가 보이죠

반짝이는 별처럼
아름답게 빛나요

그대 가슴에 내가 있듯이
내 가슴에도 그대가 있지요

따뜻한 온기로 나를 품듯이
내 가슴에도 깊숙이 담겼지요

애틋한 그리움은 있지만
서로 가슴에 담고 살기에

마음껏 그리워하며
그대 자리 비워둔 곳
사랑으로 채우며
기다릴게요

제4부

그곳에 가면

그곳에 가면

오목조목 예쁜 공간
마주 앉아 서로 바라보는
그대가 있어 더 좋습니다

아무 말 없이 찻잔 앞에 두고
바라보는 그 눈빛
향기에 젖어 반짝입니다

까만 몸 보드랍게
금방 씻은 듯 뽀송뽀송
내 앞에 앉은
상큼한 향기에 젖어봅니다

설레는 내 가슴은
아침이슬처럼 싱그럽게 피어납니다

잊지 못할 그림자가
따뜻한 미소로 반깁니다

그곳에 가면
그리운 그대 향기가 있습니다

우리의 이별은

우리에게
이별이 찾아와도

난
이별이라
생각지 않아요.

눈을 뜨면 생각나고
눈앞에 아른거리는 당신
사랑이라 생각합니다.

촘촘히
써 내려간 지면 위에
기억하지 않아도 생각 나는 당신
그리움이라 적어봅니다.

내 친구

파란 하늘 구름 따라
너의 맘 있는 곳에
설렘 품고 도담도담
추억을 풀어 놓다

그리움 한 보따리
수다로 풀어내듯
애틋하고 정겨운
그리움의 시간들

헤어지는 아쉬움에
두 손을 놓지 못해
오늘도 서로 손잡고
이야기꽃을 피운다

다음을 기약하는
시간은 아쉬워라
다시 또 만나자
두 손 잡는 그 손길

그래서 더 고맙다
소중한 내 친구

받아주지 못한 사랑

왜 그리
너의 마음을 몰랐는지
중년의 나이가 되고 보니
새삼 미안하고 또 감사해

세월이 많이 흘러
깊게 패인 상처가 아물어
흔적도 없어졌겠지만
그땐 얼마나 아팠을까

나이 들어 너를 보니
참 미안하구나

앞으로 너를
몇 번 볼 수 있을지
모르겠지만

응어리진 네 마음이
조금이라도 풀렸으면 해

그 마음 고마워
그 사랑 잊지 않을게

잠 못 드는 밤

밤새 내린
끝없는 빗줄기에
온몸을 맞은 듯
아프고 또 슬프다

잠을 이룰 수 없는 밤
마음을 흔들며
그리움만 내 곁에 누웠다
.
.
.
한 마리 새가 되어
보고픈 임을 찾아
훨훨 날고 싶은 날이다

지난날의 후회

그립다는 생각조차
할 수가 없습니다

보고픔이 밀려 나와
아무 일도 손에 잡히지
않습니다

이런 날은 온종일
방황하며 마음을
달래 봅니다

같이 못 한 시간이
아쉽고 후회되는
날입니다

늘 같이 할 수 있을 거라
믿었는데

사랑합니다
보고 싶어요

나의 시

그리움 따라
써 내려간
글말이 시가 되다

힘겨워 눈물로
얼룩진 글을 쓰다 보니
시인이란 이름을 얻다

문득문득 숨을 쉬듯
애타는 보고픔으로
내 가슴에 꽃이 핀다

이제는 행복이다
너와 나, 함께 누리는
살가운 사랑 향기처럼

유월에 나는

유월과 사랑을 하겠습니다
아픔도 품고
슬픔도 품고

유월의
모든 것을 사랑하겠습니다
조건 없이
사랑하겠습니다

유월의
슬픈 과거 묻어두고
가슴을 토닥이며
사랑하겠습니다

유월의
아픔 붉은 피를
붉은 장미로 곱게
덮겠습니다

그것이 살아 있는
우리의 몫이니까요

간대요. 글쎄

설렘으로 찾아와
나를 흔들어놓고

오래 같이하자며
손가락 걸어놓고
간대요. 글쎄

아름다운
꽃 눈물 떨구어 놓고
함초롬히 떠난대요.

뜨거운 사랑 찾아
떠나간대요. 글쎄

난 그늘 아래서
마지막 꽃잎에 기대어
그 사랑을 기다리고 있는데

해바라기

내 가슴에
그대는 태양이요
나는 그대 가슴에 핀
꽃입니다

구름에 가려져
나와 숨바꼭질하지만
나를 바라보며
웃어주는 그대가 있기에
오늘도 나는
행복한 꽃입니다

비 오는 날이면
그대가 그리워서
고개 숙여 눈물 흘리는
난 하늘만 바라보는
그대 바라기 꽃입니다

오래 기다리게
하지 마세요
세월이 날
데려가고 있어요

행복은 우리 곁에

삶이 바쁜 탓에
새싹이 돋아나는 예쁜 맘을
보지 못했어요

삶에 여유가 없어
꽃들의 웃음소리도
듣지 못했지요

삶이 고단해서
새들의 노래를
함께 부르지 못했어요

지금
꽃이 피고 있어요
지금 새들의 노랫소리가
들립니다

지금 행복이
우리 삶에 머물고 있지요

제발 놓치기 싫어요
그 아름다운 행복을

고향을 거닐다

녹음이 우거진
나뭇가지 사이로
파란 하늘이 열리면

아기 구름 엄마 구름
정답게 흘러가요

산길을 걷다 만난
그윽한 들꽃 향기

시원한 계곡물의
신나는 웃음소리

모든 시름 내려놓고
달마야 놀자 외친다

몸을 씻는 선녀탕에
조용히 발을 담그고

오늘은 서로에게
힘이 되는 날

그 옛날
멋진 추억을 촬영한다

유월을 기다리며

오월의
장미꽃이 울타리 너머로
환하게 웃고
아카시아 달달한 향기
살짝살짝 코끝을 스칩니다

아지랑이 웃음이
유월에 가까이 와 있음을
햇살은 알고

비밀스러운 유월은 문 앞에 서서
설렘 가득한 미소로
문고리를 잡습니다

비에 젖은 장미

핑크빛
손수건이
흠뻑 젖도록
울어 버렸습니다

빨간 입술에
피가 나도록 깨물며
울어 버렸습니다

뽀오얀 얼굴에
화장이 얼룩지도록
밤새 울어 버렸습니다

가시에 찔린
상처가 아물기 전에
또
다시 그대를
사랑하겠지요

명품 가방

너를 보며
갖고 싶다는 욕망이
깊숙한 곳에서 숨을 쉬었지

너를 품고 싶다는 생각이
미치도록 가슴 설레게 했어

주위의 시선 무시한 채
무작정 달려가서
너를 품고 싶었어

그대에게 손을 뻗을 때쯤
또 하나의 심장이
내 손을 잡았지

지금 우리
얼마나 아픈 날들인가
얼마나 힘든 날들인가

마음을 들여다보며 말했어
지금 행복이 부족하냐고

물망초

나를 잊지 마세요.
그대 곁에
내가 없어도
웃는 모습 잊지 마세요

그대 곁에
내가 없더라도
내 향기 잊지 마세요

두 손 꼭 잡고
거닐었던 그 거리
행복했던
그때를 잊지 마세요

어느 날
그리움으로
활짝 웃으며
달려가던 그때의
나를 잊지 마세요

오로지
그대에게만은
그런 나였으면 좋겠습니다.

나를 잊지 마세요

봄비

초록 잎새 위에
슬픔이 매달려 있다

또르르
떨어지는 눈물
한잎 두잎 맺히는 이슬방울

오늘은
눈물이 아프다
초록빛이 더 슬프다

우리가 꿈꾸는 세상

추억 속에
향기로운 그 자리
활짝 피어 웃던 꽃이 그리워
그 앞을 찾았지요

시들어 버린
꽃 앞에 서니
내가 걸어온 시간들이 보입니다

알콩달콩 추억의
그림자 뒤에 또 하나의 아픔이
보일 듯 말 듯 스칩니다

먼 시간 흐른 지금
푸른빛 흐르는
공원 벤치에 앉아봅니다

웃고 있는 라일락 꽃향기의
사치스러운 넋두리에
마음 달래며 위로를 받습니다

저 멀리서
설렘의 향기는
아지랑이에 몸을 기대어 살랑거립니다.

또 다른 세상을 기다립니다
꿈꾸는 세상을 기다립니다.

어느 5월에

봄에 오신다던 그대는
봄이 지나 여름의 길목에서
가만히 침묵만 흐릅니다

이 봄에는 꽃마중 같이
갈 수 있을까 기다렸지만
한 계절이 흘러
또 계절이 바뀌었습니다

그동안 흘러간 시간을 모아
그대를 다시 만나고 싶어
가슴 쓸어 그리워하며
기다립니다

또 하루가 내 속을 태웁니다

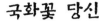

국화꽃 당신

갈바람 햇살 아래
집 앞 담장 밑에는
늘 자리를 지키며
국화꽃이 핍니다

나들이 갔다
대문을 들어설 때
국화꽃 향기
동구 밖까지 마중 나와
반갑게 맞이해 줍니다

노오랑 국화꽃
코끝을 파고드는 향기
몸에 배어 포근하게
감싸 안습니다

그 모습 그리워
그 향기 그리워
오늘도
서성입니다

제5부

마음을 잇다

마음을 잇다

그대는
따뜻한 봄 햇살

나는
햇살 받으며
피어나는 봄꽃

그대는
시원한 봄바람

나는
바람에 춤을 추는
연초록 잎새

햇살에 바람이 불면
보랏빛 향기로 그린 수채화

오늘도 서로의 마음을 잇는
그림을 그린다

아침 햇살처럼

반짝이는 햇살에
향긋한 꽃바람
출근길 콧노래로
아침을 열어갑니다

초록 사이사이에
분홍빛 철쭉꽃이
반가운 듯
인사를 건네고

불어오는 바람결에
라일락과 커피 향기
설렘 가득합니다

빌딩 숲 유리창에
비치는 아침 햇살처럼

나의 흔적

바람처럼 왔다가
안개처럼 사라지듯

여린 잎새에
부딪혀서 난 상처들

보드라운 햇살이
살포시 감싸줄 때

잎새에 맺힌
눈물 한 방울

작은 꽃 한 송이

꽃동산에서

살랑살랑 바람 불어와
화단에 핀 철쭉꽃
라일락 향기에 즐겁다

눈 마주하는 곳마다
꽃다발을 안겨주며
고백을 받는 4월

꽃잎 떨어진 자리에
파릇파릇 새순 돋아
신록이 짙어지고

4월이 지나 5월에는
붉은 장미꽃으로
진한 사랑 고백을
받고 싶다

빗소리 들으며

빗소리에
눈시울 뜨거워지고
보고픈 당신을 가만히
불러봅니다

언제나
자상한 모습으로
내 마음속에 조용히
내려앉은 당신은

꽃이 피고 져도
다시 올 수 없음을 알기에
마음속 깊이 그리며
품고 삽니다

오늘 같은 날 빗물도
당신의 사랑만큼 쏟아져

내 눈물을 가만히 씻어줍니다

동행

난
너의 등에 기대어
위로받고 있어

너도 힘들 때
나에게 기대보렴

우린 서로에게
아무 말 없이도

위로받고 위로가 되는
그런 사이니까

우린 그런 사랑이니까

비 오는 날 카페에서

창밖에 비치는
비에 젖은 불빛
빨간 우산, 노란 우산
실루엣에 설레는 카페

흐르는 감성 노래에
돌체 라떼 커피향기
그리움을 그린다

하얀 구름 위를 걷다 만난
에스프레소와 같은 사랑
진하게 흔들린다

그대를 처음 만나
빠져든 그 날처럼
오늘도 달달한 그 사랑을 마신다

시들지 않는 꽃

그대 가슴에 피어나는
한 송이 꽃이고 싶다

예쁜 모습으로 피었다가
그대가 다시 그리워하는
가슴에 앉은 분홍꽃이고 싶다

피고 져도 다시 피어나기를
기다리는 꽃이고 싶다

시간의 멍울 속에
갇혀있는 그대의 꽃

긴 시간을 가슴에
그리움으로 품어
다시 꽃을 피우는 그 날

변함없이
다시 피어나는
그대의 꽃이고 싶다

그대 생각

기뻐해야 하는 마음
돌덩이 얹어놓고
아리게 아파오는
그대 생각
눈시울이 뜨겁습니다

참 좋은 당신이지만
생각만 하면 짠해 오는
심장의 아픔
그대는 아시나요

마냥 좋다며 달려오는
당신의 마음
두려움 없이
받을 수만 있다면

하루에 열두 번씩
생각에 잠겨봅니다
해답을 찾을 수 없는 심정

나 어찌하면 좋을까요

봄봄

공원에
여유롭게 앉은
아지랑이가 한가롭다

명자나무 울타리 넘어
참새떼는 손님맞이
분주하고

아른아른 물오른 철쭉꽃에
나비 한 마리
살포시 앉는다

꽃길을 걷는 휴식
민들레도 노란 얼굴로
인사를 한다

산책 나온
강아지도 폴짝폴짝
잠시 숨을 고른다

봄은 거기에도
여기에도 와 있었다

봄 친구

너 때문에
나 행복해

손을 잡고
함께 웃으며

꽃길을 함께
걸을 수 있어 좋았어

맛있는 음식을
서로 나누면서

옛이야기 소곤대며
함께 한 봄길 추억

언제나 즐겁게
그래서 고마워

봄이 되었다

내 품에 있는 너는
꽃이었다
봄비에 나를 적시는
꽃비였다

난 추억과 함께
꽃길을 걷는다
꽃비를 맞으며

설레는 심장
떨리는 눈빛
넌 나에게
꽃으로 피었다

선물

아직도 깊이 남겨진 이름
잊은 줄 알았지만
그리움으로 다시 피어난다

상자 깊숙이 넣어둔
분홍 스카프
그대를 안아보듯
목에 둘러본다

사랑했던 시간들
아팠던 기억들
아련하게 살아 숨 쉬며
달려 나온다

오래 기억 속에
담아 두기 위해
고운 모습으로 접어둔
상자 속에서

어느 날 또다시
그리움으로 피어난다

난 나로 산다

잘 쓴 글을 보면
부러움에 마음을 담는다

나의 부족함에
고개 숙이며
나에게 묻는다

난 왜 이럴까
좋은 그림을 보면
슬그머니 내 안의 욕심이
숨차게 달려온다

부족함을 발견하고
그러다 우울해지고

기분을 달래기 위해
차 한 잔으로 토닥인다

나는 아직 부족하다
욕심으로 이루어지는 일이
없다는 것을 알기에
편안히 마음을 비운다

난 나다

내 방식대로
살아가는 법을 찾는다

눈을 반짝이며
희망 위에 손을 얹는다

물오름달

아, 따뜻해 너의 품
좋아요. 그대 향기
언제나 기억할게
너의 사랑

내 마음 촉촉이
살아 숨 쉬게 하는
그대는 나의 꿈

행복의 발길 위에
끝없는 사랑 노래

봄꽃, 봄바람,
그리고 봄 향기
3월의 입맞춤

비 오는 날

오늘은 왠지
그리운 사람이
더욱 그립다

빗소리만큼
더욱더 사무친다

작은 빗소리에도 서럽다

누군가
한마디 말을 걸면
왈칵 눈물이
쏟아질 것 같은 날

그리움은
커피 향을 타고
사무치게 흐른다

그리움 하나

불도 켜지 않은 캄캄한 방
그대 그리워 보고파서
잠을 이룰 수 없습니다

아련하게 떠오르는
그대 모습에
가슴이 아려옵니다

아프도록 사랑한
그대이기에
생각만으로도
눈시울이 뜨겁습니다

만나지 못하고
보고싶어 힘이 들어도
가슴에 그리움 품고
그대의 흔적을 찾아갑니다

가만가만
그리움 하나
심어놓고 있습니다

인연

오늘도 아프다
심장의 아픈 소리에
눈물이 난다

길을 걸어도
눈물이 나고
밥을 먹어도
넘어가지 않는다

잘 있겠지
밥은 먹었겠지
잠은 잘 잤을까
잘 참고 견딜 거야

내 머리에서
내 마음에서
그리운 추억으로
이 글을
다시 볼 수 있는 날

내 삶에서
지울 수 없는
사랑 꽃으로 피울게

사랑꽃(3)

당신이 좋아요
꽃이라 불러주는
그대가 좋아요

쓰담쓰담 머리를
쓰다듬어 주는
당신이 최고예요

어떤 일이든
잘했다고 콩깍지 낀
당신 눈빛 사랑해요

앞으로도
쭉~
지금만큼만
아껴 주세요

꽃에서 열매를 맺을 수 있게

봄비

비가 내려요
보슬보슬
봄비가 내려요

산과 들
고운 꽃피우려고
마른 가지마다
촉촉이 입 맞추는
보드라운 봄비

노란 모자를 쓴
개나리도
연둣빛 새싹도
온종일 가만가만
자랍니다

난 우산을 들고
또닥또닥 내리는
봄비를 맞으며
당신을 만나러 가겠습니다

추억 속으로

아~ 보고 싶다
커피처럼 그대가 그립다

달콤한 초콜릿처럼
사랑을 속삭이고

진한 커피 향처럼
마음 설레게 하던 그대

별처럼 반짝이던
우리들의 사랑은

지금도
떨리는 마음으로
그립습니다, 그대가

제6부

행복 찾기

봄 마중

내 마음 두근두근
그대 때문일까요

내 마음 싱숭생숭
그대 때문일까요

그대 찾아
떠나고 싶은 마음
사랑일까요

나는 꽃으로
그대는 나비로
봄 길에서 만날까요

커피와 동행

내 그리움 뒤에는
항상 그대가 있지요

그림자처럼
내 옷자락을 잡고
따라다니지요

그래서 난 또 웃지요
그대의
따뜻한 미소를 보며

설렘 가득 커피 향
커피잔 속의 사랑
서로 위로받고
위로하는

진한 사랑에
내 맘이 녹아들지요

2월의 눈물

세월의 길목에서
아쉬움 한 움큼 베어 물고
눈물이 흐른다

지나가는 사람들의
모습 뒤에 아픈 외로움이
뒤돌아본다

쫓아가는 걸음
옮길 수 없는 발길이
안타깝고 아프다

저만치 가버린 그리움의
그림자를 보고 심장이
아파 어깨를 들썩일 때

3월이 활짝 웃으며
희망을 안고 달려온다

봄이 오는 길목

초록의 물결을 찾아
바람 따라 걸어 봅니다
분홍빛 향기를 찾아
바람에 몸을 실어봅니다

그리움의 자락을 따라
그대를 찾아 나섭니다
추위에도 저만치에 서서
그대를 기다립니다

혹시나 변한 모습에
그냥 스쳐 지나갈까
그대가 보내준
분홍빛 스카프로
단장을 하고 기다립니다

추위에 얼었던 몸은
분홍빛 꽃봉오리를 품고
초록의 날개를 활짝 폅니다

만개한 벚꽃같이
함박웃음 가득합니다

봄이라 하네

따뜻해서 이름을 물으니
봄이라 하네
예뻐서 이름을 물으니
봄꽃이라 하네

살랑살랑 애교를 부리며
코끝을 간질이는 그대
이름을 물으니
봄바람이라 하네

아지랑이 아롱아롱
잠시 눈을 감는 날
따뜻한 봄바람이
꽃향기 데려와서
봄놀이 가자고 하네

영원한 48세

내 나이는 항상 48세
마음도 외모도 더 이상
늙지 않아요

입가에 미소꽃
마음에는 행복꽃
언제나 늙지 않는 사랑꽃

마음에 꽃밭을 가꾸어
계절마다 피어나는 꽃
향기로운 꽃

향수를 뿌리지 않아도
마음 꽃밭에는
사람 향기 가득하죠

늙지 않고
향기 나는 꽃으로 살렵니다

나의 사랑별

내가
너 좋아하는 거 아니
오래전부터
널 좋아했어

언제나
나의 힘이 되어주는 너에게
사랑을 느낀 것은
당연하지 않니

내가 힘들 때
넌 나의 쉼터야
앞으로도 쭉
나의
사랑별이 되어줘~

나의 등불

밝혀주던 불빛
사라져 버리고
두려움에 떨면서
까만 밤 홀로 걷는다

환하게
비춰주든 불빛은
어둠 속에
혼자 갇힌 고독

어디로 가야 할지
방향 잃은 발길
외롭고 불안한 마음

아침이 밝아오면
그 빛을 향해
달려갈 것입니다

행복 찾기

그대여
아프지 말아요
그대 곁에 내가 있어요

그대가 아프고
힘들면
난 더 많이 아파요

그대여 웃어요
그대가 웃어야
그대가 행복해야

나도 웃고
나도 행복해요
우리를 위해 웃어요

그대가
내 품에 안겼을 때
그대는 나의 전부
나의 등불입니다

난 행복하여라

앞만 보고 달려왔는데
참 열심히 잘 살았나 보다

마주하는 사람마다
예쁘게 봐주시니
난 참 복이 많은 사람

앞으로 더 지혜롭게
살라는 것이리라

행복한 덕담 한 보따리씩
안겨 주시니

앞날은 감사와 보람
손잡고 걸으니
발길이 더 가볍겠구나

봄노래

양지바른 바위틈
키재기 하는 제비꽃
옹기종기 하하 호호
발길 멈추게 하고

웃음소리에
잠에서 깨어난 들풀들
해님을 향해 두 팔 뻗어
기지개를 폅니다

산행길 힘들지 않게
손뼉 치는 새싹들
봄봄봄
희망을 노래해요

복수초

꽁꽁 얼어버린
차가운 산기슭
노오란 희망의 새싹

눈곱 묻은 실눈
배시시 눈웃음 짓네

햇살 따라 이리저리
얼굴을 돌리며
곱게 곱게 화장하고

살랑바람 타고 온 내 임
살포시 입맞춤할 때
수줍은 듯 꽃망울
터트리는 얼음새꽃

봄이 오고 있어

햇살에 비춰
발그레한 볼
풋풋한 향기 품고

그대여
두근두근 내 가슴
어떻게 책임질 거야

더
가까이 보고 싶어
연둣빛 설렘
분홍빛 떨림

국화꽃 당신(2)

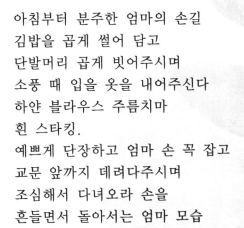

아침부터 분주한 엄마의 손길
김밥을 곱게 썰어 담고
단발머리 곱게 빗어주시며
소풍 때 입을 옷을 내어주신다
하얀 블라우스 주름치마
흰 스타킹.
예쁘게 단장하고 엄마 손 꼭 잡고
교문 앞까지 데려다주시며
조심해서 다녀오라 손을
흔들면서 돌아서는 엄마 모습

대농가 며느리로
논이며 밭이며 하는 일이 많아도
자식 손에 호밋자루
한번 들지 못하게 한 엄마
내 손톱에 흙 들어가면 되지
자식 손톱에 왜 흙 묻히나 하셨던 엄마

당신 몸에 몹쓸 병이 찾아와도
농번기라 가을걷이 다 끝나고
병원 가신다고 고집부리시던 엄마
햇빛이 드는 마루에 앉아
곱게 머리 빗어 쓰다듬어 주시던
엄마 손길 어제같이 선명한데

엄마 모습은 어디에도 없습니다

내 모습에서 엄마 모습이 비칠 때
따뜻한 미소로 엄마를 그립니다
엄마 보고 싶은 엄마
엄마는 하늘나라로
가을 소풍을 떠나셨지요.
엄마는 내 가슴속에
국화꽃으로 살아계십니다
국화 향기로 아직도 내게
머물고 계십니다

엄마 보고 싶어요
고맙습니다
사랑합니다

개나리

찬 바람
잎새도 달지 않고
눈 비비며 아장아장
걸어 나오는
병아리 떼 눈웃음

마디마디 멜로디를 엮어
휘휘 늘어진 가지

노래에 맞추어
저고리 고름 흔들며
곡예를 타듯 춤을 추는
네 잎의 샛노란 별꽃

노오랑 웃음 가득히
봄 햇살 담고 하늘하늘
흔드는 춤사위

이른 봄의 유혹에
시린 겨울
꽁꽁 여민 가슴 푼다오

고향길 순매원

철길 따라 살랑살랑
떨리는 가슴 안고
봄맞이 떠나는 별 하나

낙동강 언저리에
겨우내 품었든 그리움
임 소식에 벙글고

따사로운 햇살 아래
 꽃들의 웃음소리

수줍은 듯 손잡은
젊은 연인들
서로의 눈빛에서
설렘이 번져 갈 때

청초한 고운 빛
꼭 다문 입술 활짝 열어
부드러운 햇살의 입맞춤

떨어진 눈물도 이쁜
그대는 봄의 여인

비와 목련

포근한 봄비에
추위도 밀려나고
앙상한 가지에
봉긋이 움트는 봄
그대는 누구인가

가녀린 몸매에
실오라기 하나
걸치지 않은
봉긋한 젖가슴
솜털 사이로
뽀얀 속살을 보이는
아찔한 떨림
나를 설레게 하는
그대는 누구인가

고귀한 가슴 위로
촉촉한 입맞춤으로
치마를 한 자락
걷어 올리는 숨 가쁨
활짝 벙그는
그대는 누구인가

파란 잎새에
자리를 내어주고

수줍은 듯
먼저 봄을 알리는
그대는 나의 사랑
나의 봄처녀

벚꽃이 휘날릴 때

꽃비가 내립니다

천사가 날개를 펴고
머리 위에 어깨 위에
축복을 내려줍니다

가만히 내려앉은 천사
힘내라 토닥여 줍니다

근심 걱정 모두 가지고
하늘로 올라가 별이 됩니다

반짝반짝 별들이 말합니다

지켜주겠노라고 힘내라고

가끔 네가 필요해

힘없는 아침
믹스 커피가
나를 깨운다

희미한 머릿속
나른한 몸을
다시 생기를
느끼며

하나둘씩
기억들을
끄집어낸다

하~아 요놈
참 신기하네
몇 모금으로
지친 내 어깨를
감싸며 안아준다

그래서
너를 사랑할 수밖에 없는 나

어둠 속으로

깜깜한 밤 외로움이
눈물처럼 번져옵니다

누구라도 붙잡고
신나게 수다라도
떨고 싶은 밤

텅 빈 마음을 채우기는
이미 늦은 시간

가만히 이불을
뒤집어쓰고
피 같은 외로움을
토해냅니다

여명이 밝아 올 때까지

후회

자욱한 안개 속
앞을 볼 수가 없어
한 걸음도 옮기지 못하고
주저앉고 말았습니다

비 맞은 생쥐처럼 초라한
슬픔에 찬 모습
영글지 못한 열매 앞에
힘없이 쓰러집니다

실오라기 하나 걸치지 않은
부끄러운 모습
아무도 볼 수 없도록
짙은 안개로 가려져
침묵으로 덮고

하얀 도화지 위에
다시 그림을 그리고 싶습니다

□ 서평

글빛으로 나를 찾는 행복
– 이명주 시집 『아, 가을이다. 그대가 그리운』

최 봉 희(시조시인, 평론가, 글벗 편집주간)

　오늘의 지금은 모두가 크리에이터(Creator)인 시대다. 자기 의견을 글과 영상으로 표출할 수 있는 블로그나 SNS 공간이 그만큼 많아졌고 활발하게 운영되고 있다. 그 때문일까? 내 생각을 다른 사람들에게 널리 알리기를 원하는 사람들도 그만큼 늘고 있다. 그런데 많은 뭘 써야 할지 모르겠다고 하소연하는가 하면 어법이 어렵다면서 꾸준히 글쓰기가 매우 어렵다고 말한다. 사실 글 쓰는데 문법은 중요하다. 하지만 글을 쓰고 싶은 마음이 더욱 중요하다고 말하고 싶다.
　나의 경우, 버스 정류장에서 집까지 오는 퇴근길 20분 동안에 심심해서 글을 매일 쓰고 있다. 그렇게 시작한 글쓰기가 지금의 나를 만들었고 시인이 되었다. 매일 시를 쓰는데 힘들지 않냐고 말하는 이가 더러 있다. 시를 쓰는 것은 습관이다. 사실 힘들지 않고 즐기는 편이다. 그 비결은 다름 아닌 글을 쓰고 싶은 마음을 잃지 않기 위해 습관화했기 때문이다.

우리 글벗문학회 모임에도 매일 시 쓰기를 즐기는 사람들이 제법 많다. 1년 사이에 2~3권의 책을 내는 시인들이 더러 있다. 그 대표적인 시인 중에 한 사람이 바로 이명주 시인이다. 이명주 시인은 이렇게 말한다.

"제가 이렇게 시인이 될 줄 몰랐어요."

글쓰기에 대한 능력이 숨어 있는 줄 전혀 모르고 사는 평범한 직장인이었다. 종종 윤보영 시인을 좋아해서 그의 시를 찾아서 읽고 문학강연 모임에 참여하기도 했던 평범한 사람이었다. 그러다가 우연히 SNS 등에 글을 올리다가 자신의 재능을 발견한 것이다. 어느덧 3권의 시집을 출간하게 되었다.

> 울퉁불퉁 자갈길을
> 말없이 걸어왔네
>
> 그것이
> 나의 길이라 여기며
> 묵묵히 걸었네
>
> 힘들고 지쳐서
> 제자리 같았던 세월
>
> 뒤돌아보니
> 꽃이 피고
> 숲이 우거져
> 그늘이 되었네

지금은
나무 그늘 아래서
꽃길을 걷고 있네
– 시 「나의 인생」 전문

글쓰기는 절대 특별한 능력이 필요하지 않다. 그저 평범한 삶 속에서 지금껏 살아온 삶을 되돌아보면 좋다. 자신의 삶을 성찰하면서 느낀 감성을 진솔하게 쓰면 되는 것이다. 다시 말해 먼저 글을 쓸 때 뭔가 하고 싶은 말이 있어야 한다. 더욱이 마음을 솔직하게 표현하고 싶은 마음이 절실하면 된다. 그런 면에서 이명주 시인은 글쓰기에 대한 욕심과 노력, 그리고 결심이 돋보인다.

저만치 멀어져 간 가을
쓸쓸함을 말할 수가 없어라

한마디 말없이 조용히
제 몸을 내어주며
끝없이 제 할 일을 다하는 삶
만물의 당연한 이치

낙엽이 가는 마지막 길
소신을 다 하는
우리네 인생처럼 희생의
길에 접어든다

짓밟히는 아픔의 소리
바스락바스락

우린 그 소리를 즐기듯
낭만을 노래한다

또 바스락 소리가
한 소절의 시어로 담길 때
시인은 온 마음 다해
한 가닥의 움트는 희망을
다시 담는다
– 시 「가을의 울림」 전문

 시인은 마음을 담아 그 울림을 다소곳이 글로 적는다. 시인은 삶 속에서 뭔가 새로운 것을 발견하고 새로운 것을 시작하고 싶은 사람이어야 한다. 글 쓰는 법을 아무리 많이 배운다고 해도 쓰는 것을 좋아하지 않으면 꾸준하게 글쓰기가 힘든 법이다. 꾸준히 글을 쓴다면 쓰는 기법도 자연스레 생겨나서 나도 모르는 사이에 글 쓰는 일이 좋아지는 것이다. 쓰고 싶은 마음을 잃어버리지 않고 습관화한다면 취미로 글을 쓰는 사람에게 유용할 것이다. 다시 말해 글쓰기가 좋아지면, 글 쓰는 습관이 생겨서 글이 자연스럽게 좋아진다는 것이다.
 이명주 시인은 어느덧 글쓰기 3년 차의 시인이다. 글쓰기가 좋아져서 하루하루가 즐거운 삶을 영유하고 있다.

간절한 꿈을 안고
태양을 향해 두 팔을
활짝 펼친다

희망은
햇살처럼 그대 가슴에
반짝반짝 영롱하게
빛이 나리다

가슴 쿵쿵거리는
설렘의 발자국 따라
밤하늘 별을 세며
희망을 노래하리다

기다림의 시간 동안
활짝 열어둔 마음 안으로
기쁨의 눈물 먼저 달려와
축복으로 꽃 피우리다

붉은 열정에 꿈이
성실하게 잘 익어가는
그대의 밝고 창창한 앞날
꽃길에서 마주하리다
   - 시 「꿈은 이루어진다」 전문

　어느 한 사람의 꿈은 이렇게 시인이라는 이름
으로 세상에 알려졌다. 누구나 글쓰기가 좋아지
면 내 생각을 널리 알리고 싶어진다. 붉은 열정
이 있어야 축복의 꽃길이 열리는 것이다. 누군가
에게 배우거나 다른 글을 읽고 글쓰기 공부하는
것도 중요하다. 하지만 매일 반복적으로 쓰면서
자연스럽게 글 쓰는 법을 터득하는 것이 중요하

다. 그런 면에서 이명주 시인의 매일 글쓰기의 열정은 남다르다. 하루도 쉼 없이 책을 읽고 글을 쓰기 때문이다.

문학 모임이나 행사에서 종종 '시를 어떻게 쓰면 되죠?'라는 질문을 자주 받는다. 그런데 나는 이렇게 답한다.

'여러분이 시라고 생각하면 그게 시입니다. 시를 정의하는 사람은 바로 나 자신입니다.'

글쓰기에는 '어떠어떠해야 좋은 글이다'는 일반적인 규칙이 있을 것이다. 하지만, 반드시 그것만이 정답이라고 말할 수는 없다. 다시 말해 자세한 규칙에 얽매이지 말고 자신이 쓰고 싶은 글을 자유롭게 쓰면 되는 것이다.

'이렇게 서툴고 엉망진창인 글을 다른 사람에게 보여주면 안 될 것 같은데'

그런 조바심과 걱정은 버리는 것이 좋다. 각자 자기 나름의 글의 철학을 만들어나가면 되기 때문이다.

자욱한 안개 속
앞을 볼 수가 없어
한 걸음도 옮기지 못하고
주저앉고 말았습니다

비 맞은 생쥐처럼 초라한
슬픔에 찬 모습
영글지 못한 열매 앞에
힘없이 쓰러집니다

실오라기 하나 걸치지 않은
부끄러운 모습
아무도 볼 수 없도록
짙은 안개로 가려져
침묵으로 덮고

하얀 도화지 위에
다시 그림을 그리고 싶습니다
– 시 「후회」 전문

위의 시에 나타난 것처럼 이명주 시의 특별한 특징이 몇 가지 있다.

첫째 그의 시는 삶의 고백이라는 점이다. 하루의 일상을 그대로 순수하게 담아내는 것이다. 다시 말해 시 쓰기는 자아를 살피는 수단일 뿐만 아니라 탁월한 고민 상담자라는 것이다. 내 마음을 토로하는 최강의 표현 도구인 셈이다. 그래서 그의 글쓰기는 그의 삶에 있어서 희망이 되고 있다. 오늘도 시인은 다시 하얀 도화지에 위에 시라는 행복의 그림을 그리고 사랑의 노래를 부르기 시작한다.

뭇바람 솔솔 불어
솔 향기 가득하다
황톳길 낙원에서
열리는 행복 음악회

산새와 매미들의
즐거운 노랫소리
시냇물 찰박찰박

장단 맞춰 노래하네

하늘빛 나비구름
산야에 초록 물결
신나게 덩실덩실
즐겁게 춤을 추네

흐르는 계곡물에
시원히 발 담그고
자연은 들숨 날숨
신바람 하모니카로
신나게 합주하네

숲속을 휘감아 도는
조화로운 그 노래
추억의 초록 메아리
지친 맘을 달래네
  – 시 「숲속 음악회」 전문

　둘째로 그의 시의 특징은 '행복 찾기'라고 할 수 있다. 누구나 삶은 힘들고 아픈 삶을 경험한다. 꽃이 아프고 눈물이 아프다. 그리고 심장도 아프다. 그렇지만 그 아픔 가운데에서 어쩌면 시인은 시를 쓰면서 나름대로 '행복 찾기'를 추구하는 것은 아닐까.

거리의 가로수 아래
꽃댕강나무 잔잔한 눈빛
꼭 그대를 닮았네요

조용조용 하얀 미소
소곤대는 사랑의 나팔 소리
나를 부르는 사랑의
세레나데인가요

온 거리에 활기찬
꼬마 천사들의 팡파르
행진곡이 울립니다

아름답고 행복한 하루를 응원합니다
- 시 「꽃댕강나무」 전문

 누구나 아픈 삶을 산다. 꽃도 새도 사람도 그렇
다. 그래서 한 송이 꽃이 아프고 사랑이 아프고
눈물도 아픈 것이다. 결국은 심장이 아프다.

초록 잎새 위에
슬픔이 매달려 있다

또르르
떨어지는 눈물
한잎 두잎 맺히는 이슬방울

오늘은
눈물이 아프다
초록빛이 더 슬프다
- 시 「봄비」 전문

 희망을 지난 초록 잎새에 슬픔이 달려 있다는
삶의 발견 속에서 그는 날마다 행복의 꿈을 꾸

고 있다. 어쩌면 시인은 자신을 한 송이의 꽃으로 비유하고 있는지도 모른다.

길가에 핀 꽃 한 송이
지나는 사람이 예쁘다며 손을 대고
혹은 코로 향기를 탐한다
심지어 꺾거나 흔들어 대기도 한다

곱게 피었다가
말없이 조용히 지고 싶은 꽃

빨간 꽃을 보면
왜 빨갛게 피었는지 궁금하다
노란 꽃으로 피었으면 더 예뻤을 텐데
그렇게 말한다
각자의 시선에서 자신의 생각을
자유롭게 말한다
(중략)
나이가 들면 내려놓는
연습도 해야 한다
꼭 내가 가지고 있다고 해서
항상 다 내 것이 될 수 없다

나이가 들어갈수록
편안하고 느긋한 마음이 필요하다
멋지게 품위 있게
그렇게 늙어 가고 싶다.
– 시 「한 송이 꽃이 아프다」 중에서

그날 일어났던 일이나 느낀 점을 글로 표현하

면 자신의 사고 틀에서 '나'라는 인간이 보이기 시작한다.

심리학자인 조셉 러프트(Joseph Luft)와 해리 잉햄(Harry Ingham)은 자신과 타인의 인식 차이를 보여주는 '조해리의 창(Johari's window)'이라는 분석틀을 개발했다. 그 형태는 네 가지다. 그중에 나도 알고 타인도 아는 영역(열린 창)과 타인은 모르지만 나는 아는 영역(숨겨진 창)이 눈에 띈다.

날마다 자신이 느낀 것을 글을 쓰다 보면 나에 대해서 쓴 글을 한 걸음 떨어져서 바라보게 된다. 그때서야 비로소 진짜 나를 발견할 수 있는 것이다. 다시 말해 자신의 글에서 나를 발견하는 힘이 있는 것이다. 그래서 글쓰기는 자신을 이해하는 일인 것이다.

가끔은 맑고 투명한 눈으로
귀하고 소중하게
내 마음을 들여다보며
쓰담쓰담 어루만져 준다네

가끔은 축축하게 젖은
내 마음을 고운 햇살에
뽀송뽀송 말려본다네

좋으면 크게 웃고
속상하면 펑펑 울 수 있도록
내 맘에 자유를 주었다네

마음 한 켠에 서러운 맘
자리 잡지 못하도록
오색빛 뜨락을 만들어
사랑으로 키운다네

언제나 그대가 나를
찾아올 수 있도록
내가 있는 길목에
환한 등불을 밝혀두었다네
– 시 「나의 뜨락에서」 전문

  시인은 시 쓰는 활동에서 자신만의 '오색빛 뜨
락'을 만들어서 꽃을 사랑으로 키우고 환한 등불
을 밝히는 것이다. 그것이 바로 행복이다.

처음엔 넌 나에게
이름 없는 들꽃이었다

오며 가며 바라보고
또 마주하니
내 심장을 떨리게 하는
설렘이었다

안 보면 보고 싶고
못 보면 그리운
내 맘속의 활짝 핀 웃음꽃

오늘도 나에겐
웃음을 주는 붉디붉은
행복꽃
– 시 「행복꽃」 전문

시인의 글 뜨락에는 처음 만나는 사람들에게 들꽃으로 피어있었다. 그러나 지금은 웃음꽃으로 피었다. 마침내 행복꽃으로 활짝 피었다. 그래서 그가 시를 쓰는 날마다 축복의 날이라고 명명한다. 힘겨움도 있고 아픔도 있다. 하지만 그렇게 시를 만나고, 세상을 만나면서, 서로를 축복하고 응원하며 사는 것이다.

오늘은 축복의 날
우리 함께 행복해요

햇살이 눈부신 날
달콤한 아이스크림처럼

비가 오는 날이면
쌉싸름한 커피처럼

우리 그렇게 함께해요

바람이 부는 날이면
은은한 라일락꽃 향기처럼

우울한 날이면
새콤달콤한 딸기처럼

좋은 날에는
흥겨운 노래처럼

우리 지금처럼 서로 축복해요
- 시 「축복의 날」 전문

독일의 철학자 호네트(Axel Honneth)는 개인의 정체성은 타인으로부터 자신의 욕구와 감정에 대한 배려 또는 사랑, 자신의 도덕적, 법적 존엄성에 대한 존경, 사회적 업적에 대한 존중 등을 인정받을 때 형성된다고 말한다. 이 세 가지가 훼손될 경우, 개인의 정체성은 부정되고 결국 인정받기 위한 투쟁의 심리적 동기가 된다는 것이다.

> 그리움 따라
> 써 내려간
> 글말이 시가 되다
>
> 힘겨워 눈물로
> 얼룩진 글을 쓰다 보니
> 시인이란 이름을 얻다
>
> 문득문득 숨을 쉬듯
> 애타는 보고픔으로
> 내 가슴에 꽃이 핀다
>
> 이제는 행복이다
> 너와 나, 함께 누리는
> 살가운 사랑 향기처럼
> – 시 「나의 시」 전문

시인은 자기가 살아온 이야기를 매일 말한다. 그리고 자기의 삶에 의미를 부여한다. 언어를 통해서 욕구를 표현하고 그 표현은 시를 통해서 타인을 향하는 것이다. 그러면서 자기 안에 또 다른 자기와 이야기하는 공간을 만들어 간다. 이런 글쓰기의 과정을 거치면서 자기를 이해하고 새로운 자기를 구성해 나가는 것이다. 그것이 자기 정체성을 찾아가는 과정이다.

바람처럼 왔다가
안개처럼 사라지듯

여린 잎새에
부딪혀서 난 상처들

보드라운 햇살이
살포시 감싸줄 때

잎새에 맺힌
눈물 한 방울

작은 꽃 한 송이
- 시 「나의 흔적」 전문

우리는 그동안 자신의 삶을 스스로 돌아보는 기회를 가진 적이 별로 없다. 젊은 시절에는 바쁜 삶을 사는 탓으로, 나이가 들어서는 살아갈 날이 얼마 남지 않았다는 이유로 자기 성찰과 관리에 무관심이다.

결론적으로 글쓰기는 자기를 살피고 이해하는 일이다. 나아가 타인으로부터 존중받고 인정받는 일이다. 자신이 어떤 삶을 살아왔으며, 어떤 경험을 했는지, 지금의 내가 누구인지를 아는 일이다. 그로 인해 나의 정체성을 인정하는 일이다.

지금껏 이명주 시인의 시 세계를 살폈다. 그의 시 세계를 규정하자면, 그의 시 쓰기는 글쓰기를 좋아하는 성찰의 시 쓰기이며 경험에 입각한 성찰 속에서 아픔을 이겨내고 토로하는 과정에서 행복을 찾아가는 과정인 것이다.

지금도 계속되고 있는 그의 시 쓰기의 열정과 노력을 다시금 응원한다. 다시금 그의 행복한 글쓰기에 주목하고자 한다. 이명주 시인의 건승과 건필을 기원한다. 그에게 행복의 문운이 가득하길 소망한다.

■ 글벗시선 178 이명주 세 번째 시집

아, 가을이다
그대가 그리운

인 쇄 일 2022년 10월 7일
발 행 일 2022년 10월 7일
지 은 이 이 명 주
펴 낸 이 한 주 희
펴 낸 곳 도서출판 글벗
출판등록 2007. 10. 29(제406-2007-100호)
주   소 경기도 파주시 와석순환로 16,(야당동)
         롯데캐슬파크타운 905동 1104호
홈페이지 http://guelbut.co.kr
E-mail juhee6305@hanmail.net
전화번호 031-957-1461
팩   스 031-957-7319
가   격 12,000원
I S B N 978-89-6533-228-2 04810